KB005295

리라의 약속

P.S 미래시선 6

리라의 약속

이 달 시집

시인의 말

달의 부족이 되다

아주 자그마한 시골 마을에서 초등학교와 중학교에 다니려면 꼭 작은 재와 큰 재를 넘어야 했습니다. 가로등 하나 없는 길을 걸어갈 때면 어둠을 환하게 여는 달이 세상을 밝게 비추는 꽃과 같았습니다.

2021년 5월 25일,
어느 유명한 시인을 초대한 '작가와의 만남' 자리에서 마음을 따뜻하게 여는 한 줄기 빛을 만났습니다.

그 순간부터 어떻게 걸어왔는지 잘 모르지만, 오늘은 큰 용기를 내어 수줍은 첫걸음을 내디뎌 봅니다.

여기까지 올 수 있도록 아낌없이 자신의 전부를 내어주신 사랑하는 어머니, 먼 곳에서 지켜보고 계실 아버지, 사랑하는 가족들, 친구들에게 감사한 마음을 전합니다.
그리고 시인의 길을 걸어갈 수 있도록 페이스메이커가 되어주신 김남권 교수님, 동무로 동행해 준 달빛문학회 동인들에게 감사와 존경을 보냅니다.

이제 다시 재를 넘어야겠습니다.

그 너머에는 무엇이 있는지 몹시 궁금하고 두렵기도 하지만,

함께 가는 발걸음을 믿고 다시 온 봄, '리라의 약속'은 첫 꽃을 피우고 달그림자 속을 걸어가겠습니다

2024년 어느 봄날 아침,

이 달

차 례

제1부 **별 닦는 사람**

제2부 **꿈보다 해몽**

제3부 엄마의 거짓말

제4부 동네 불구경

1부

별 닦는 사람

나박김치

영하 5도를
오르내리는 추위가 여러 날 계속되었다

사방에는 하얗게 눈이 쌓이고
눈 속에서 민들레 꽃잎 닮은
샛노란 배춧속이 나를 반겼다

포기마다 미사보를 쓴 채
싱싱한 고갱이를 그러안고 있었다

달큰한 배추 시래기를 만들까?
겉절이 김치를 만들까?
구수한 배추 된장국을 끓일까 하다
나박김치를 만들었다

명치에 걸린 듯
'시원한 나박김치 먹고 싶다'던
그 사람 목소리가 들려왔다
그제야 십 년 묵은 체증이 내려갔다

별 닦는 사람

파란 앞치마를 입고
거실 유리창을 닦았다

시퍼렇게 살아서 유리창을 닦는 일은
얼마나 즐거운 일인가

유리처럼 티 없이 투명하다는 것은
얼마나 아름다운 일인가

하늘이 짐승처럼 내려앉은 유리창을 닦다가
가장 높은 곳으로 팔을 뻗는 순간
뜨끔, 별 하나가 내 가슴 속으로 들어왔다

아픈 거짓말

A : 춥지 않아요?
B : 괜찮아요

A : 배고프지 않아요?
B : 괜찮아요

A : 고단하지 않아요?
B : 괜찮아요

A : 외롭지 않아요?
B : 아뇨, 괜찮아요

A : 보고 싶었지요?
B : 네

보고 싶다는 말은
춥기도,
배고프기도,
고단하기도,
외롭기도 했다는 말

괜찮다는 말은
괜찮은 척,
스스로에게 거는 마법 같은 말

괜찮다는 말은
너무 아픈 거짓말

아버지꽃

혹독한 겨울을
뿌리로 견뎌야만 봄을 맞이할 수 있다

끝이 보일 것 같지 않은
깜깜한 어둠을 하얗게 지새운 수많은 날들이 지나고
아무도 알아주지 않는 곳에서
가지마다 까치발 세워 물길을 내느라
발톱이 다 닳았을 것이다

그렇게 망울망울 붉은 눈물을 머금고
하얗게 하얗게 피어나는 조팝꽃을 마주했다

핏덩이인 나를 낳고
까무룩하게 쓰러져 아무것도 보이지 않는
어둠 속 엄마 곁에서
뽀얀 배냇저고리에 싸여 울음을 터트리던 그날처럼

1,000도의 화장로에 들어가는 아버지를 보고
"니 아부지 어떡하냐. 안 된다, 안 돼!"
"뜨거워서 어떡하냐. 안 된다, 안 돼!"
피눈물 흘리며 뜨겁게 통곡하다 이내 실신하던
엄마를 바라보던 조팝꽃, 무더기

일흔여덟,
생의 마지막 숨결로 뜨겁게 타올라
해마다 사월이 오면
아버지 가신 길 위에 흐드러지게 피어난다

만년萬年 이호봉

그랬다
아버지는 한평생 '이호봉'이었다

어스름한 저녁
고된 하루를 보내고
끝이 보이지 않는 밭머리 이랑 위에
삼삼오오 걸터앉았다

흙먼지가 묻어나는 바지에 손을 툴툴 털고
막걸리 한 사발 들이키며
반나절 동안 뜨끈해진 묵은지 한 점 베어 물었다

"너는 인마, 뭐하다가 여태껏 이 호봉이냐?
남들은 과장에 부장에 하다못해 마을 이장이라도 한다는데…."

한두 번 들었던 소리가 아닌 듯
그저 피식하고 웃고 말았다

"아니, 말 좀 해봐!
왜, 이 호봉밖에 못 달았냐니까?"

대답할 필요가 없다는 얼굴로
또 그냥 웃어넘기려다 한마디 툭 내뱉었다

"그래, 나 이 호봉이다. 이놈아! 어쩔래?
너는 일 호봉이라도 달았냐?
내 앞에서 호봉 얘기하려면 일 호봉이라도 달고 와서 얘기해!
알았어?"

그 말끝에 모두 허허, 껄껄
한바탕 웃어 재끼며 하루의 고단함을 씻어 내고
밭이랑을 짚고 무거운 몸을 일으켜 세웠다

어느새 어둠이 짙게 내려앉고
금방이라도 돌부리에 걸려 넘어질 것 같은 발걸음으로
마을 꼭대기 희미한 빛이 새어 나오는
집을 향해 터벅터벅 돌아갔다

그랬다
아버지는 칠십팔 년 한평생 '이호봉'이었다
사 남매를 가슴으로 낳아 길러주신
그 이름 석자
이李 호浩 봉奉

지금도 그 길고 긴 밭머리에 서서
"아버지" 하고 크게 부르면

이랑 저 끝에서 굽은 허리를 일으켜 세우고
투박한 손을 흔들며
덧니를 드러내고 환하게 웃으시는
아버지의 얼굴이 보일 것 같다

그랬다
만년萬年 이호봉
아버지는 언제나 나의 최고봉이었다

(알 수 없음)

그는 아홉 살이라고 했다
두 살이 되던 해에 세상을 얘기했고
네 살이 되어 바람의 말을 알아듣고
여섯 살이 되어서는 구름 같은 눈물을 흘렸다고 했다

어느 날엔가
나로부터 너무 멀리 간 나에게
"주제에 맞는 소재를 선택했는가
소재의 특성을 정확하게 파악했는가
소재로부터 깨달음이 있는가
하여, 자연스러운가"라는 족문을 남기고
(알 수 없음)이 되어 황망히 사라졌다.

화살 같은 언어를 쏟아내고
연어처럼 사라졌다
(알 수 없음)은 여전히 오리무중이다

빵떡 엄마

아버지가 날품을 팔아 품삯으로 밀가루를
짊어지고 오는 날이 몇몇 일 이어지면
긴 마루 한켠에는 천장까지 밀가루 포대가 쌓이기 시작했다

엄마는 커다란 양푼 대야에 밀가루 두어 바가지를 퍼 담아
일주일에 한 번씩 빵떡 만드는 일을 3년 동안
한 번도 거른 적이 없었다
토요일이 되면 뜨거운 뙤약볕 아래 쪼그려 앉아
무성한 잡풀과 씨름을 하다가도 종종걸음으로
집에 올라 밀가루를 개고 나서
다시 밭으로 발걸음을 옮겼다

얼마나 지났을까
엄마는 서둘러 호미를 챙기고 집으로 돌아와 반죽을 살폈다
쟁반을 덮은 양푼 대야 속 반죽은 엉덩이를 데우고
있는 힘껏 부풀어 올라 쟁반을 들썩이며 삐딱하게 올라앉았다
쟁반을 들어 올리면 반죽은 거미줄처럼 기다란
그리움의 끈을 주렁주렁 매달고 따라 나왔다

동그란 밥상 위에 하나, 둘 모이기 시작한 못난이 빵은
시간이 지날수록 탱글탱글하게 모양을 갖추고
커다란 가마솥에 들어갈 준비를 끝냈다
엄마의 젖가슴처럼 뽀얗고 폭신폭신한 반죽 속에
젖꼭지보다 까만 팥고물을 넣고
뜨거운 가마솥에 쪄내면 달콤함의 한계를 넘은 빵떡이 되었다

넉넉지 않은 살림에 쌀을 불려 떡을 할 엄두는 내지 못하고
객지로 떠나 일주일에 한 번씩 돌아오는 자식이 돌아오는 날이라는
절묘한 타이밍으로 빵떡을 만드셨던 엄마,
그 별미를 먹이지 않고는 차마 자식들을
다시 객지로 떠나보낼 수 없었던 것이다

꼬박 3년,
일주일에 한 번 객지에서 돌아오는 딸을 기다리며
한 번도 잊지 않고 빵떡을 만들었던 엄마,
그런 엄마를 이해하지 못했던 나는
빵떡을 점점 거들떠보지 않게 되었고 그렇게 엄마의 나이가 되었다
나는 지금 단팥빵만 먹는다

아버지의 '대동' 벤츠 타고 학교 가는 길

철없던 초등학교 시절,
어쩌다 경운기 타고 학교 가는 날이면 마냥 신이 났다
정문에 다다라 운동장에서 놀고 있는 친구들이 보는 앞에서
껑충 뛰어내리면 어깨가 하늘을 향해 치솟고
온종일 헤죽거리며 웃음이 떠날 줄 몰랐다

철들었다고 생각했던 중학교 무렵,
비 오는 날 경운기 타고 학교 가는 것도 좋았다
하지만 학교에서 조금 멀찍이 떨어져
진흙탕 길이 끝나고 시멘트 길이 시작되는
딱 거기까지만 좋았다

기어를 바꾸고 학교 정문을 향해 속도를 올려
시멘트 길을 내달리려는 아버지 뒤에서
"여기서 내려주세요."
혹여 누가 보고 있지 않은지 주변을 살피고
아버지 한번 돌아보지 않은 채 학교로 발걸음을 재촉했다

딸 둘을 낳고
아이들은 그때 내 나이를 훌쩍 지나 성인이 되고
이명처럼 경운기 소리가 들려오면
우산을 쓰고 시멘트 길을 오르며 학교 가던 그날이 떠올라
남몰래 가슴을 쓸어내린다

당장 아버지에게 생떼를 부려
경운기로 학교 정문 앞까지 데려다 달라고 하고 싶지만
아버지도 없고
경운기도 없고
가슴 한켠 나만 아는 쓰라린 쪽팔림만 남아있다

장대비가 쏟아지는 하굣길,
아이들은 하나둘 모두 돌아갔다
학교 정문 앞에는 우산을 든 한 소녀가
하얗고 뽀송뽀송한 운동화를 신고
언제 도착할지 모르는 아버지를 기다리고 서 있다

오광五光

십리 길을 걸어 학교를 다니던
중학교 3학년 겨울방학 어느 날,
작은 구멍가게 하나 없는 산골 마을

약속이라도 한 듯 점심때가 지나고
우리 집 사랑방 문 앞에는 조심스레 걸어온
여덟 켤레의 신발이 옹기종기 모였다

장롱 속 가지런히 놓여 있는 이불 깊숙이 손을 집어넣어
아버지 몰래 숨겨 놓았던 화투를 꺼내고
숨죽여 '하늘, 땅'으로 편을 갈랐다

민화투 열판에 오늘의 운명이 걸렸다
지게 되면 삼천 원을 내고 눈 덮인 십리 길을 걸어
학교 앞 가게에 가서 과자를 사와야 한다

아랫목에 앉았던 오빠는 다섯 판이 끝나기도 전에
엉덩이가 뜨겁다며 이리 들썩 저리 들썩,
아마도 아버지가 아끼시던 연탄 몇 장을 더 넣은 모양이다

입이 심심하다는 걸 아는 어머니는
두툼한 비료 포대 비닐에 잘 싸놓았던 땅콩엿과
얼음이 동동 떠 있는 식혜를 말없이 건네주고 가셨다

해마다 이월의 끄트머리에 서면
입안 한가득 고소한 땅콩엿을 물고
매캐한 연탄가스 냄새에 머리가 몽롱하던 그날이 그립다

오늘 밤엔 오광 하는 황홀한 꿈을 꾸어야겠다

옥순이 없는 옥순이네

윤희네
해숙이네
순자네
진영이네
완명이네
해중이네
옥자네

큰 아이 이름으로 부르던
옥순이네 동네 일곱 집

윤희네는 창수네로 불리다 부산으로 떠난 지 오래
해숙이네, 순자네도 이사 가고
진영이네는 엄마가 집을 지킨다

90세 넘은 완명이네 할머니는
지난여름 벼락에 집이 온데간데없이 사라지고
큰딸이 모셔갔다고 한다

허물지도 못하는 해중이네 집은
온갖 풀이 주인이 된 지 오래고
옥자네는 옥분이네, 종주네로 불리다 옥순이네로 불린다

옥순이네 집에
옥순이는 없고
옥순이네 엄마 혼자 산다

물 밖으로 나온 붕어, 빵

집 앞에 포장마차가 왔다
모처럼 물 밖으로 나온 붕어빵 가족,
줄지어 늘어선 것이
어림잡아도 4대는 족히 넘어 보인다

뜨거운 살을 맞대고 누워 있는 것도 잠시
기다리는 사람이 많아
금세 뿔뿔이 흩어지고 만다

호떡이 찾아왔을 때도 불이 났었다
날개 돋친 듯 팔려나가는 호떡을 먹으려고
길게 줄을 서기도 했다

집에 아이들이 있으면 더 반가울 텐데
오늘은 남편밖에 없다
그리움의 시간만 낙엽처럼 쌓여가고 있다

엄마의 가을

베란다 오래된 행운목
작은 바람에도
이파리가 서걱댄다

가을 한낮 깊이 들어오는 햇볕을 따라
그림자도 들어와 앉으면
그 자리에 베개 삼아
잠시 낮잠을 자도 좋겠다

거실 바닥까지 들어왔던
늦가을 햇살은
서둘러 떠날 채비를 하고

비 오듯 땀을 쏟았던 계절이
엊그제 같은데
더넘바람에 엄마의 무릎이 시리다

참깨를 볶다가

참깨를 볶다가
아버지 생각에
목젖이 떨려 온다

뜨거운 프라이팬 위
나무 주걱에 정신없이 휘둘리다
눈을 데이고
몸을 데이고
가장 뜨거워지던 순간
통통하게 부어오른 몸속에
고소함을 가득 채운
심장을 내어주던 아버지

거친 것들은 걸러내고
고운 것들만 골라
참깨보다 고소하게 올려주시던

‘잣’ 된 날

민둥산에서 시를 만났다
가지마다 잣이 달려 있는
잣나무 숲 한가운데
말뚝 잡고 선 경고문이 있다

“민둥산 잣 따지도
줍지도 마셔요
잣 됩니다”

얼마나 따고 주웠으면
현수막까지 내걸었을까

‘잣’이라 쓰고
‘좆’이라 읽는다*

잣 하나 주워들었는데
CCTV가 눈을 부라리고 있다
어쩌나, 나 좆됐다

---

* 문철수 「꽃이라 불러도 좋다」에서 인용

새로*

소주 한 잔이
긴 터널을 지난다
잠시 입안을 맴돌다 식도를 지나
아무렇지도 않다고 생각했던
위장을 사정없이 훑어간다

너만큼 내 속을 훤히 들여다본
누군가가 또 있었을까

잔 들어 건배를 외치며
함께 했던 사람들 많았지만
그저 겉만 스쳐 간 인연이었구나

빈 병에 처음처럼 바람이 눕고
취기를 흔드는 누군가 새로 다녀갔다

---

* 롯데칠성음료에서 2022년에 새로 나온 소주의 이름

장맛비

올해도 어김없이 장마가 시작되었는데
아버지는 보이지 않는다

장대비로 대엿새 밭일이 어려워지면
봉당에 걸터앉아 파리채를 휘두르다 말고
강가에 있는 천 평 남짓한 시뻘건 고추밭 걱정에
우비를 입고 집과 강물을 쉴 새 없이 오르내리던 아버지,

그러다 비가 잠잠해지면 컴컴한 광에서
뽀얗게 먼지 쌓인 긴 장화를 신고
족대를 챙겨 강으로 걸어가셨다

금방이라도 온몸을 집어삼킬 것 같은 흙탕물에
족대를 들이대고 가슴까지 차오르는 물속으로
한 치의 망설임도 없이 걸어 들어가
은빛 찬란하게 파닥거리는 피라미 떼를
비료 포대를 들고 서 있는 내 앞에 쏟아놓고
물속으로 다시 들어가던 아버지,

그 아버지가 보이지 않는다

다시 유월은 오고 장마가 시작되었는데
아버지는 어느 별에서 긴 잠을 주무시나 보다

고등어의 눈을 감기고

고등어를 사러 간 골목에는 손님들로 북적거렸다
먼저 온 아주머니가 고등어 한 손을 가리키며
머리, 꼬리 자르고 반 토막을 내달라고 주문했다

단 한 번의 망설임도 없이 묵직한 칼이 내리꽂혔다
익숙한 손놀림에 잘려나간 머리와 꼬리는
순식간에 도마 위에서 밀려났다

'아' 하고 입 벌린 채 울음도 삼키지 못하고
피 한 방울 흘리지 못한 고등어는
순간, 푸른 바다가 몹시 그리웠지만
남아있는 몸뚱이로 할 수 있는 건 아무것도 없었다

이태 전 내 모습을 보는 것 같아
도망치듯 골목을 빠져나오는데 머언 바다로부터 건너온
피비린내 나는 파도가 목구멍까지 밀려왔다

마지막 심장이 펄떡이던 그곳,
이제 눈을 감아야 한다

하지감자

해마다 늦가을이 되면
아버지는 빈 외양간에 별들을 불러 모았다

이듬해 경칩이 지날 무렵,
그 많은 별들로 비닐하우스에 성을 쌓고
달의 울음소리가
머언 하늘로 올라가지 않도록 어루만지며
따뜻한 이불을 덮어주었다

깊은 어둠 속에 잠들었던 별들이
밤하늘에 빛나는 꿈을 꾸다
소리 없는 눈물을 흘리곤 했다

어머니는 밝은 세상에서
별의 눈이 데이지 않도록
100일 동안 가슴 깊은 곳에 품어 주었다

그렇게 다시,
하지 무렵이 되면 캄캄한 어둠을 지나온
주먹만 한 별들로 온 세상이 환했다

수세미

토요일 오후 3시,
휴대폰에 "세상의 전부"라고 떴다

"막내야, 바쁘니?
시간 내서 수세미 가져가라
요새는 테레비도 재미있는 게 없어야"

지난 명절에 가지고 온 수세미들이 아직
서랍 속에서 쓸쓸히 서로를 부둥켜안고 있는데
엄마는 수세미 같은 시간을 계속
뜨고 계셨을까

코바늘 같은 시간,
식탁 위에 놓인 숟가락은 또 얼마나 적막했을까

2부

꿈보다 해몽

별마중

'마중'이라는 말
참 따뜻하고 환하다

고사리 같은 손에 호미를 쥐고
사래 긴 콩밭에 들어앉아 풀을 맬 때면
늘 골 마중을 나왔던 엄마처럼

책가방을 메고 어둠이 짐승처럼 내려앉은 귀갓길
묵직한 손전등을 움켜쥐고
노오란 불빛을 밝히며 멀리 밤 마중을 나왔던 아버지처럼

자정이 지날 무렵,
하루의 긴 터널을 지나
터벅터벅 걸어오는 너를 기다리다 맨발로 별마중을 나왔다

FOREMOST*

'최우선, 가장, 중요한, 무엇보다도, 첫 번째의'라는
뜻을 지닌 베이커리 카페를 찾았다

한국국제조리고등학교 2학년인 둘째 딸이
첫 번째로 취업을 나간 곳이다
어려서부터 빵 만드는 일이 가장 행복하다는 지혜로운 딸,
자신이 가장 하고 싶은 일을 스스로 선택하고
꿈을 찾아 일찌감치 독립을 했다

아, 그래 너는 언제나 나에게
최우선이었고 무엇보다 중요한 첫 번째였다

---

* 안동에 있는 베이커리 카페

10만 원에 봄

우체국 계좌로 10만 원을 송금했다
2021년 9월 27일 월요일
23시 29분 07초
'당신이 따뜻해서 봄이 왔습니다'
캘리그라피 액자값을 송금하고
갑자기 눈물이 쏟아졌다

미안하고 또 미안했다
마음 값이 고작 10만 원이라니…
시인의 봄을 겨우
10만 원에 들여놓은 것 같아
알 수 없는 통증이 밀려왔다

그건 아니었다
그러면 안 되는 거였다
시간을 23시 29분 06초로 되돌리고 싶었다
눈물이 하염없이 흘러
새벽까지 멈추지 않았다

"10만 원을 송금했노라고,
터무니없이 적은 금액이지만
그 마음을 너무 잘 알고 있고,
이미 충분히 받았다"고 톡을 보냈다

"고맙다,
그렇게 안 해도 되는데
배려와 염렵함이 참 따뜻하고
어여쁘다"고 답장이 왔다
그제야 눈물이 멈췄다

나만 생각하고 싶었다
이기적이고 싶었다

눈보라 치는 시간이 지나고 나면
10만 원은 이자에 복리 이자를 붙여서
지상에 하나밖에 없는 꽃봉오리가 되고
지상에서 가장 따뜻한 사람의 심장 소리가 되어
내 가슴 속으로 들어올 것이기에…

가을 하늘에 물들다

ㄱ : “날씨 좋아요”
톡으로 가을 아침 안부가 도착했습니다

ㅇ : “햇살이 따사롭습니다”
하고 답장을 보냈습니다

가을 하늘은
그 모양이 어떠하든 보기에 참 좋습니다

구름 한 점 없이 훅 높아진 파란 하늘은
금방이라도 어깨에서 날개가 돋아 나와
훨훨 날아가게 해줄 것만 같습니다

폭신함이 온 가슴으로 느껴지는
두툼한 하얀 뭉게구름을 타고
둥실둥실 그대가 있는 곳으로 가고 싶습니다

깨끗한 하늘이 아주 깊게 느껴지는 날
그대 가슴에 깊게 물들고 싶습니다

겨울이 깊어지면

그런 사람 곁에 머물고 싶다

흰 눈처럼 맑고 깨끗한 사람
그런 사람 곁에 머물고 싶다
지독하게 외롭고 쓸쓸한 사람
그런 사람 곁에 머물고 싶다

흰 눈을 이고 묵묵히 견디다
가지 하나 부러져도 내색하지 않는 사람
바람 부는 언덕에 홀로 서서 바람을 견뎌내는 사람

겨울 깊어갈수록 보이는 그 사람의
푸르름 곁에 서 있고 싶다

국수 시인을 만나고

영월군민 인문학 특강
작가와의 만남이 있던 봄날 저녁
속초에서 영월까지 먼 길 마다치 않고
한달음에 달려온 이상국 시인을 만났다

좋은 말씀도 듣고 준비해간 시집에 친필 사인도 받았다
고마운 마음을 전하고 싶어
다음 날 아침 서둘러 피 땅콩 두어 되,
덩실떡 한 박스를 이슬비 내리는 출근길에 전해드렸다

일주일쯤 시간이 흘렀을까
두툼한 우편물 하나가 도착했다
발신인엔 '이상국'이라고 쓰여 있었다
따뜻한 환대에 고맙다는 짤막한 내용의 편지와
자전自轉 한 권, 초심이 들어 있는 의미 있는 시집이 들어있었다

고작 땅콩 두어 되와 덩실떡 몇 조각을 건네고

국수 시인의 한 생애가 이렇게 쉽게 건너와도 되는 것인가

국수 시인의 한 생애를 이렇게 쉽게 받아들어도 되는 것인가

굼벵이는 굼벵이로

가을볕에 널어 말린 땅콩을 깠다

잘 영글어 껍질이 단단한 녀석들,
삐죽이 내민 입술을 있는 힘껏 눌렀더니
깜깜한 방에서 단잠을 자다 화들짝 놀란
굼벵이 두 알 뽀얀 속살을 드러냈다

어쩌다 '푸석' 하고 쉽게 집을 허물고
모습을 드러내는 녀석들은
너무 오랫동안 겨울잠을 잤는지
얼굴에 잔주름이 가득하다

좀 더 일찍 들여다볼걸,
미안함이 밀려왔다
저 작은 몸속 어디에
새싹의 심장이 꿈틀거리고 있을까
여린 손금 같은 너의 주름살을 쓰다듬는다

김혜수, 너

둘째 딸 책상에
깨알같이 적혀있는 글자가
눈에 들어왔다

「이불 속에서 방귀 뀌고
"내 방구는 냄새 안 나"
하는 우리 엄마,

내 말은
잘 듣지 않는 엄마,

이옥순 우리 엄마」

이 웃기는 메모지를 보고
나는 울었다

내 이름은 이달

지천명,
세상의 뜻을 이해하고
세상의 이치를 깨달을 나이에
다시 태어나 한 살이 된
내 이름은 이달입니다

세상을 밝게 비추는 꽃
마음을 따뜻하게 여는 빛
어둠을 환하게 여는 이달
우주를 향기롭게 품는 이달

내 이름은 이달입니다

최고의 선물

둘째 딸 혜수에게 전화가 왔다
도제를 나가고 첫 월급을 받았다고 했다

가끔 잔소리를 늘어놓던 사장님이
이렇게 착하고 귀여워 보일 수가 없다고…

처음 받은 월급으로 아빠에게 줄 신발을 사고
언니가 좋아할 프로 에어팟을 주문했다고 했다

월급을 받으면 자신을 위해 1원도 남기지 않고
다 써버릴 거라고 당당하게 얘기하던 딸은
언니에게 줄 선물과 똑같은 걸 사고 싶었는데
손이 떨려서 나중으로 미뤄뒀다고 했다

엄마는 사흘 안에 받고 싶은 선물을
알려주지 않으면 국물도 없을 줄 알라는
협박도 잊지 않는다

'너'라는 선물을 이미 19년 전에 받았는데
더 이상 무슨 선물이 필요할지
아무리 생각해도 떠오르지 않았다

꿈보다 해몽

전화기 너머로 전해오는
엄마의 목소리가 여느 때 같지 않다
몇 번의 실랑이 끝에 말문을 연 엄마,
지난밤 꿈에 아버지가 와서 아무 말 없이
치마 춤에 돈 봉투를 넣어주고 갔다고 했다

돈 받는 꿈은 큰 근심이 생기는 꿈이라는데
사나흘 아이들 데리고
여행 다녀온다던 오빠가 자꾸 생각나
걱정이 이만저만이 아니라며 긴 한숨을 내쉰다

조심해서 다녀오라고 오빠에게 말하려니
하나뿐인 며느리 4년 전에 먼 하늘로 먼저 보내고
딸 둘 데리고 여행이랍시고
처음 가는 아들에게 차마 말은 못하고
속만 끓이고 있었다

"엄마,
내 생각엔 아버지가 오빠 여행 가는데 용돈 주라고
엄마한테 주고 가신 거 같은데…
엄마 생각은 어때?"

"맞다, 맞어
우리 막내 어떻게 그런 생각을 다 했을까
아이고, 기특한 우리 막내…"

이튿날 오전 엄마에게 전화가 왔다
지금 막 오빠한테 입금하고 오는 길이라고…

'리라'의 약속

어느 동네 어귀 야트막한 산 아래
통나무 기둥을 세워 흙벽을 바르고
지붕엔 기와를 얹으리라

긴 마루 끝에 봉당을 만들고
그 위에 고무신 두 켤레를 나란히 놓아두리라

커다란 서재를 들여놓고
바람이 쉬었다가는 미닫이문에는
코스모스 꽃을 창호지 위에 피우리라

먼 길 떠난 그대 위해
등불 하나 밝혀 놓고
그리운 숨소리가 어둠을 몰고 돌아오면
맨발로 겅중겅중 마중을 나가리라

새벽 첫 우물 길어 올린 물로 쌀을 씻고
희나리꽃 피워 강낭콩 밥을 지어
푸성귀 얹은 소박한 밥상 앞에 마주 앉아
늘어가는 흰 머리를 바라보며 호박꽃처럼 웃으리라

짙은 어둠이 드리운 마당에 별빛 한 줌 들여놓고
늙은 무릎을 베고 누워 달님과 입맞춤하리라

뒤통수를 조심해

며칠 전부터 왼쪽 어금니가 가끔씩 아프기 시작했다

'이러다 괜찮겠지…' 하고 미련을 부리다

더는 안 되겠다 싶어 치과를 찾아갔다

증상을 이야기하고 CT 촬영을 했다

육안으로 보이지 않던 치아의

형체와 뿌리가 선명하게 드러났다

몇 가지 질문과 답변이 오가고 이리저리 살펴보던 의사는

신경치료를 몇 차례 하고 크라운을 씌워서

마무리해야 할 것 같다고 했다

따끔하게 주삿바늘이 잇몸을 찌르고

마취약이 잇몸으로 스며들었다

점점 감각이 떨어지기 시작했다

20여 분의 치료가 끝난 후 다음 예약을 하고 치과를 나섰다

집에 돌아와서도 마취는 쉽게 풀리지 않았고,

주린 배를 채우기 위해 저녁밥을 먹기 시작했다

그런데, 뭔가 수상했다

분명 야채샐러드를 입안에 넣었는데 물컹하고 질깃한 무언가가 자꾸 씹혔다

저녁을 다 먹고 양치질을 하는데

하얀 거품에 시뻘건 피가 묻어나는 게 아닌가

맙소사, 이렇게 어리석을 데가 있나,
마취가 덜 풀린 상태에서 야채샐러드와 함께
입안의 살점을 씹고 또 씹어
상처가 나고 피가 나도 몰랐던 것이다

선거운동이 한창인 요즘 역대급 뒤통수치기로 세상이 떠들썩하다
보이지 않는 주사기에 마취약을 넣어 마구 찔러대기도 하고
시뻘건 속을 감추고 공손히 두 손을 모아 빌기도 하고
억지웃음을 지으며 깍듯이 인사를 하고 괜히 친한 척을 한다
선거가 끝나면 '누구시더라? 우리가 언제 만난 적이 있었던가요?'
지나가는 파리 보듯 할 게 뻔하다
선거가 끝나면 우리가 환한 미소 지으며 허리를 굽혀 인사를 해도
혹시 무슨 부탁이라도 할까 봐 지레 겁먹고 도망갈 것이다
내가 내 살을 씹어 상처가 나고 피가 나는 줄도 몰랐지만
남이 내 살점을 뜯고 상처를 내고 가슴을 치며
피눈물이 나게 하는 일은 없어야 할 텐데,
더 이상 내가 내 발등 찍는 일은 없어야 할 텐데

마지막 선물

2015년 11월 21일
아버지는 떠날 때를 아셨는지
사 남매를 모두 불러 모으셨습니다

텃밭에 심어 놓은 속이 꽉 들어찬 배추가 얼세라
보름이 넘도록 아침, 저녁으로 열고 덮고 하시던
비닐을 걷어내고
시퍼렇게 날이 선 칼로 망설임 없이
배추 밑동을 싹둑 자르셨습니다

한 손으로 들기에도 벅찬 배추 한 포기, 한 포기…
비틀거리는 외발 수레에 가득 담아 자식들 먹일 생각에
등에 땀이 흠씬 젖어도, 허리가 아파와도
내색조차 하지 않으셨습니다

뽀얗게 노란 속살을 드러낸 배추를
짜디짠 소금물에 담그고 건지기를 몇 차례
그 위에 하얀 소금꽃 한 줌씩 얹어놓고
꼬박 반나절을 기다렸습니다

좋아하시는 소주 한잔,
잘 절여진 노란 배춧잎 위에 삼겹살 한 점 올려 베어 물며
"올해 김장 참 맛있겠다" 하시던 아버지

그렇게 아버지와의 마지막 김장을 한 지 8년이 지나고
긴 겨울 혼자 외로우실 엄마를 위해
올해도 빠짐없이 우리를 불러 모으셨습니다

모처럼 엄마의 얼굴에도 웃음꽃이 활짝 피어나고,
강 건너 앞산 소나무 아래서 바라보시던 아버지도
"너희들 왔구나" 하고 반갑게 맞아주셨습니다

해마다 그래 왔듯, 하얀 소금꽃 숨죽어
장미보다 더 붉은 배추꽃으로 피어나시던 아버지
그해 겨울 김장은 아버지가 사 남매에게 남기고 간
마지막 선물이었습니다

목화꽃 필 때

엄마에게는 오래된 물건이 하나 있다
시집올 때 엄마가 해주셨다는 목화솜 이불,
벌써 58년이 넘었다

커다랗고 무거워서 덮지도 않는 이불을
버리지 않고 간직해온
엄마의 마음은 하얀 그리움을 닮았다

오래된 물건을 가지고 솜틀집으로 갔다
엄마는 얇은 솜이불 3개를 만들어 달라고 주문했다
이불집 주인이 고개를 갸우뚱거리는데도
막무가내로 고집을 꺾지 않았다

일주일 뒤에 오래된 물건은
새 이불 3개가 되어 엄마 품에 안겼다
딸 셋에게 하나씩 주고 싶었다고 한다

자식들에게만큼은 어렵고 힘들었던
삶의 무게가 가볍기만 기다리며
지난 58년 동안 덮었던 엄마의 이불이
딸들의 가슴에서
새하얀 목화꽃으로 피어났다

물안개를 보내주시다니요

가슴속에 담아 두었다는
한마디 말과 함께
십만 년 전에 보냈다는
물안개가
오늘 아침 도착했습니다

그리움으로 피어난
새하얀 물안개
가슴속 수백만 송이 꽃으로 피어났습니다

십만 년 동안
가슴속에 담아 두었다는
'사랑, 합니다'라는 말과 함께
물안개를 보내주시다니요

수백만 송이 꽃으로 피어난 물안개
하루종일 걷힐 줄 몰랐습니다

마지막 질문

그의 시는 따뜻함이 있다
마음이 얼마나 따뜻하면 이런 시를
쓸 수 있느냐고 물었다
그는 너무 외로워서 썼다고 했다

그의 시는 사랑이 있다
사랑이 얼마나 깊으면 이런 시를
쓸 수 있느냐고 물었다
사랑을 못 해서 그런 거라고 했다

얼마나 외로웠는지
얼마나 사랑에 목말랐는지
얼마나 깊은 슬픔이 있었는지
차마 묻지 못했다

청옥산

여기, 네가 데려온 언덕
그래서 내가 좋아하게 된 바람 소리를 듣는다

여기, 네가 데려온 저녁
그래서 내가 좋아하게 된 노을빛을 입는다

여기, 네가 데려온 겨울
그래서 내가 좋아하게 된 따스한 온기를 안는다

여기, 네가 데려온 그 자리에
내가 서 있다

매미에 대한 고백

기억나니?
내가 아주 어렸을 때,
여름이 되면 어김없이 너를 찾아다녔던 거 말이야
유난히 햇살이 따가운 한낮에 널 찾는 일은 어렵지 않았어
귀를 쫑긋 세우지 않아도 먼 데 있는
네 목소리가 너무나 잘 들렸거든
넌 집 앞 고야나무에도 있었고,
앵두나무에도 있었고,
전봇대에도 있었고,
속이 다 들여다보이는 넓은 강가 키 큰
미루나무 꼭대기에도 있었어

네 목소리를 따라 걷다가
까치발을 하고 내 손이 닿을 만한 위치에 있는
너를 보면 심장이 쿵쾅거렸지
혹시라도 네 뒤에 있는 나를 볼까 봐,
발걸음 소리 들킬까 봐
조심조심 숨도 쉬지 않고 다가갔었어

온몸의 세포를 오른손에 집중시키고
초인적인 속도와 순발력으로 너를 덮쳤지
손바닥 안에서 파드득거리는 순간 나는 너무 짜릿했어

깜짝 놀란 너는 소리 한번 내지 못하고
안간힘을 다해 달아나려 했지만
난 널 그냥 보내줄 수가 없었단다

엄마 몰래 반짇고리함에서 미리 준비해 간 긴 무명실을
반바지 주머니에서 꺼내고
실의 가장자리에 매듭을 지어 그 사이로
너의 길지도 않은 다리를 하나 넣어 꼭 묶었지

어렵게 손에 넣은 너를 놓치지 않으려고
반대쪽 실 끝을 검지에 두서너 번 감아 꼭 쥐고
너를 하늘 위로 날아오르게 놓아 주었어

너는 내가 잡고 있던 실 길이만큼
이리저리 날아다니다가 내 옷자락에 앉기도 했고
가끔 땅으로 곤두박질치기도 했는데
그럴 때마다 나는 네가 어떻게 될까 봐
가슴이 얼마나 조마조마했는지 몰라

한참을 그렇게 너와 시간을 보내고
하얀 진액이 나오는 쇠똥 잎 하나를 따서
네 두 눈 위에 짙게 화장을 하고
너를 다시 하늘 위로 놓아 주었어

까만 두 눈에 하얗게 화장을 한 너는 앞이 보이지 않는 듯
원을 그리며 하늘 위를 뱅뱅 돌다가 정신을 잃었고…
그런 널 두고 난 담배대궁 꼭대기에 앉아 있는
잠자리를 찾아 자리를 떠났어

얘야,
내 어렸던 날, 너에 대한 고백이 너무 늦었지만
부디 용서해 줄래?

그땐 네가 7년이라는 긴 시간을 땅속에서 견뎌내고
세상 밖으로 나와 날개를 펴고 7일을 살다 떠나는지 몰랐어
그리고,
네가 수컷이었는지도 몰랐고
네 짝을 찾기 위해 목숨 바쳐 그렇게
큰 소리로 외치는지도 몰랐어

어린 시절로 돌아가서
널 만나면 다시는 그러지 않을게, 약속해

너에 대한 고백이 너무 늦어서 미안해
사실, 진짜 중요한 고백이 하나 더 있는데,
넌 나의 정말 좋은 친구였어

내가 땅속으로 들어가는 날
내가 너로 태어날게

“멍멍, 컹컹, 형형”

반달이 기다리는 초록빛 하늘로
별 만나러 가는 길

수줍은 사천삼백이십일 걸음을 옮기면
나를 반기는 소리

초사흘 날에는 “멍멍”
초이레 날에는 고뿔을 달았는지 “컹컹”

오늘은 “형형” 하며 시인을 부른다
‘어라, 요 녀석 수놈이었네’

3부

엄마의 거짓말

봄, 봄see

꽃이 핀다고
봄이 오는 것은 아니다
얼어붙었던 시냇물이 녹는다고
봄이 오는 것은 아니다

책장에서 시집을 꺼내
접혔던 부분을 펴는 순간,

사르륵, 사르륵
여린 손끝으로 얼음이 녹고 있었다

활자를 갉아먹다 활짝 놀란 애벌레가
나비로 날아오르고
시집도 날개를 달고 공중 어디론가 사라진다

봄은 그렇게
소리 없이 오고 있었다

시 쓰셔

"선생님,
저 시 써볼까요?"

"시 쓰셔,
생활이 시지 뭐
네가 행복하다면 군소리 안 할게"

마지막 가을이 뚝뚝 떨어지던 날
옛 스승의 말 한마디는
마음속 깊이 숨겨 두었던
보석처럼 빛나는 기적을 불러왔습니다

봄나물을 마주하며

해마다 4월이면 어머니는
마당 한켠에 여리고 순하게 올라온 꽃 싹을
한 치의 망설임도 없이 시퍼렇게 날 선 낫으로
싹싹 베었습니다

냄비에 물이 펄펄 끓어오르면
무심히 소금 한 숟가락 툭 털어 넣고
꽃 싹이 적당히 숨이 죽을 때를 기다렸다가
찬물에 서너 번 헹구고 난 뒤
투박한 어머니의 손을 거치고 나면
달큰 쌉싸래한 손맛이 베인 나물이 저녁상에 올랐습니다

그렇게 몇 번 밥상에 나물이 오르고 나면
더 이상 맛을 볼 수가 없었습니다

어려운 살림에 두어 번은 족히
꽃나물 반찬을 밥상에 올릴 수야 있었겠지만
어머니는 더 이상 낫질을 하지 않았습니다

긴 여름 장마와 거친 비바람에도 꽂꽂이 서 있는
노오란 꽃을 보며
어머니는 꽃보다 더 환한 미소를 지었습니다

엄마의 거짓말

엄마가 평소답지 않다
엉거주춤하던 허리가 꼿꼿이 펴지고
잘 들어 올리지도 못해 앞으로나란히밖에
하지 못했던 왼쪽 팔이
나란히 하늘을 향하고 있다

오늘은 고추장을 담그는 날이다
매년 3월이면 큰 항아리 가득 고추장을 담갔는데
그 많던 고추장은 어디로 갔을까
혼자 사는 엄마도, 혼자 애들 키우는 오빠도
먹었으면 얼마나 먹었을까마는
아버지 살아생전 딸년은 도둑년이라고 하더니
딸 셋이 야금야금 다 퍼다 먹었다는 걸
아버지가 더 잘 아실 테다

"이제 내년부터는 고추장 안 담글란다.
괜히 너희들만 고생시키고…"
엄마는 오늘 또 지키지 못할 거짓말을 했다

"안 아프면 내년에 한 번 더 생각해 보고…"
말끝을 흐리시는 엄마,
엄마의 거짓을 언제부터 들어왔는지 기억조차 나지 않지만,
그 거짓말이 참말이 되지 않았으면 좋겠다

"쏘 새드So sad"

꼬박 일주일 야근을 한 금요일, 늦은 밤
슬그머니 찾아온 몸살로 침대에 겨우 몸을 뉘었다

머리를 쓸어 넘겨주며 얼굴을 쓰다듬는 딸의 손길이
달콤한 솜사탕처럼 온몸으로 스며들었다

"엄마, 괜찮아요?"
"응, 괜찮아! 자고 일어나면 좋아질 거야."

무겁게 감은 눈 위로 말없이 바라보는 딸의 시선이
따스한 햇살처럼 내려앉고 목구멍이 뜨겁게 달아올랐다

"푹 쉬세요, 엄마!" 이불을 끌어올려 다독여주며
방문을 살며시 닫고 나간 뒤 나지막이 들려오는 말,
"쏘 새드(so sad)"

짧은 한마디에 심장이 덜컥 내려앉았다
'엄마가 너의 마음을 아프게 했구나…'
부모가 진짜 자식을 위하는 일이 뭘까?

꼭 말하고 싶었다
'엄마가 엄마를 잘 챙길게'
'엄마가 다시는 너를 슬프게 하지 않을게'
'엄마가 오래 네 곁에 머물게'

호박 깎기

일요일 오후, 반찬거리를 사러 식자재 마트에 들렀다
팔랑거리며 뒤를 따르는 큰딸은 신바람이 났다
얼갈이배추, 백오이, 가지, 양파, 꽈리고추,
메추리알, 감자, 쪽파, 홍고추, 청양고추, 생강,
딸아이 얼굴같이 풋풋하고 동그란 호박도 카트에 담았다
식탁에 앉아 쪽파를 다듬던 딸이
“엄마, 저 애호박 요리 해보고 싶어요.”
“그래? 엄마는 너무 기쁘지.”

호박을 들고 싱크대에 들어서더니
꼭지와 밑둥을 자른다
왼손에는 호박, 오른손에는 칼을 들고
동그란 호박을 잠시 사랑스럽게 바라보던 딸은
“엄마, 껍질 깎아요?” 한다

푸하하하, 새로운 발상이다
그 모습이 어찌나 천진난만하던지
차마 껍질 깎는 건 아니라는 말은 하지 못하고 있는데
“엄마, 저는 애호박이 처음이잖아요.”
“그래, 엄마도 호박껍질 깎느냐는 질문은 처음이야.”

딸아, 처음엔 다 그런 거야
누구에게나 모든 것이 서툴고 어려운 처음인 때가 있지
엄마도 그랬단다

아버지의 곡괭이로 엄마의 사랑을 캐다

뒷산이 연분홍빛 저고리와 연둣빛 치마로 갈아입은
비 내리는 오후
엄마를 따라 고구마 새순을 들고 밭에 들어서면
장화에 달라붙은 진흙이 발목을 붙들었다

싹둑 잘린 고구마 순을 비스듬히 눕혀
이랑을 따라 꾹꾹 눌러 심어주면 끝이었다

그다음부터는 오롯이 혼자의 몫이었다
뿌리마다 알을 만드느라 안간힘을 쓰고
뜨거운 여름 네 한 몸처럼 뻗어 나갔다
엄마는 하루도 빠짐없이 그 순간을 지켜보았을 것이다

온 세상이 오색빛깔로 예쁘게 치장하는 날
뿌리가 너무 깊어 호미로는 감당이 안 되는 너를 어쩌지 못하고
곡괭이로 너의 숨통을 끊었다

너를 키워온 핏빛 줄기와 이별을 하며 흘린
새하얀 눈물이 손에 말라붙어
며칠이 지나도 지워질 줄 몰랐다

너의 눈물을 모른 체하고
숨통을 끊을 수밖에 없었던 이유는 단 하나,
사 남매 생각하며 하루도 빠짐없이
줄기와 잎을 뒤적이며
이랑이 불룩하게 배가 불러오는지 지켜보았을 엄마,
오늘, 엄마의 사랑이 택배로 출발했다

아버지의 사랑이 비에 젖고 있다

이른 새벽 빗소리에 잠을 깼다
며칠 전부터 눈물을 그렁하게 머금었던 하늘이
울음보를 터트리고 말았다
긴 여름 장마가 시작된 것이다

산골 마을에서 초등학교까지는
진흙탕 길을 걸어 재를 넘고 언덕을 올라
십리 길을 걷고 또 걸어야 했다
어머니는 부뚜막에서 뽀송뽀송하게 말린 운동화를 건네주셨다

책가방을 메고 마루에 걸터앉아 운동화를 신을 때쯤이면
바깥마당에선 경운기의 힘찬 시동 소리가 빗속을 뚫고 들려왔다
늘 그랬던 것처럼 오빠와 나는
우비를 입고 앉아 있는 아버지의 경운기 짐칸으로 잽싸게 올랐다

뒤를 돌아보시며 “꽉 잡어” 한마디 하시고는
학교 가는 길 경운기 소리는 요란했다
모퉁이를 돌아 대추나무 아래를 지나던 진영이도 타고
개울가를 지나던 창수도 함께 올라탔다

경운기 소리는 멈춘 지 여러 해가 지났다
오래된 그날처럼 비가 내리고
이명처럼 경운기 소리가 심장을 파고들어 와
아버지의 사랑이 비에 젖고 있다

예쁜 아내를 얻으려거든

따스한 햇살이 내려앉은 늦가을 아침
아버지는 배가 부른 소를 앞세우고
아카시아가 늘어선 잔디밭에
강 건너 앞산 뻥대가 울리도록
소고삐를 단단히 박아놓으셨다

발목이 잘려나가 바스락거리는 고추 섶을 뒤적이며
마른 고추를 따고 있는 엄마에게
"소 잘 봐야 돼, 언제 새끼 낳을지 몰라,
일찍 올게" 하시고는
경운기 한가득 고추 자루를 동여매고 수매를 하러 가셨다

"음머~ 음머~"
"우~ 우~"
소 울음소리가 심상치 않은 걸 알아차리신 엄마는
한달음에 강가로 뛰어가셨다
얼마나 지났을까…

"송아지 낳았다.
날은 어둡고 추워지는데 니 아부지는 뭐하고
여태 안 오는지, 참…"
그 말이 끝나기가 무섭게 강으로 달려간 예비사위는
족히 500미터는 넘는 비탈진 오르막길 꼭대기에 있는 집까지
갓 난 송아지를 끌어안고 돌아왔다

어둠이 짙게 내려앉은 저녁나절
술 한 잔 거나하게 걸치고 빈 경운기를 몰고 돌아오신 아버지
비틀거리는 발걸음으로 마구간을 살피시고는
"내가 송아짓값은 자네를 주겠네" 하셨다는데
아버지와 남편 둘만 아는 얘기다

어미 소도 송아지도, 마굿간도 사라진 지 오래되었는데
송아짓값 잊고 먼저 가신 아버지,
이 얘기 들으시면 뭐라고 하시려나
금송아지보다 더 귀한 딸을 줬는데 송아지 타령한다고
호통을 치시겠다

추위에 떨고 있는 갓 난 송아지 안고 오는 모습을 보면서
'저런 사람이면 되겠다' 싶어 딸을 주셨다는데
모름지기 갓 난 송아지 한 마리쯤은 안아봐야
예쁜 아내를 얻을 수 있으렸다

운명

열다섯 수줍던 소녀였던 나는
작은 시골학교에서 너를 만난 이후
삼십오 년이 지난 오월의 숲 끝에서
운명처럼 다시 너를 만났다

까만 니트에 노란색 치마를 입은 나를
너는 한눈에 알아보았다고 했다

너를 만나던 날의 설레임으로
나의 하루는 눈을 뜨고
너의 눈으로 세상을 바라본다

너 없이 내가 없다는 걸 알게 되었고
밤새 너만 그리다 잠이 든다
오월의 숲은 아카시아 향기로 가득하다
그렇게 운명처럼 너는 내게로 왔다

오빠 생각

어릴 적 오빠는 둘도 없이 좋은 친구였다
봄이면 밭두렁에서 솜사탕처럼 하얗고
달콤한 삐비를 뽑아주고
찔레나무 가시에 찔려 피가 나는 줄도 모르고
통통하게 살이 올라 탐스런 찔레를 꺾어주었다

여름 장마가 시작되면 나는 오빠를 졸랐다
"오빠, 내가 지렁이 캐놓을게 강에 고기 잡으러 가자" 하면,
낚싯대에 바늘이 잘 달려 있는지 손을 보고
지렁이가 든 깡통을 들고 길을 나섰다

비 내리는 강가
낚시하던 자리까지 물이 차오르기 시작하면
무거운 돌을 단번에 들어 자리를 옮겨주었다
크고 넓적한 돌을 골라 편하게 앉아
낚시를 하도록 의자도 만들어 주었다
동자개나 빠가사리를 낚아 올리면 손이 찔릴세라
긴 다리로 겅중겅중 뛰어와 물고기를 빼내고
꼬물거리는 지렁이를 낚싯바늘에 끼워주었다

가을바람이 세차게 불어오면
엄마와 아버지 몰래 오빠와 주파수를 맞추고
어김없이 밤나무 아래로 달려갔다
양쪽 바지 주머니에 밤을 가득 채워 넣고도 모자라
오빠는 밤나무 꼭대기에 있는 밤송이를 향해
있는 힘껏 짱돌을 던지기도 하고
고추 말뚝으로 박아놓은 나무를 던지기도 했다
누렇고 탐스런 밤송이를 명중시켜 '툭', '툭' 떨어지면
나는 얼른 달려가 밤송이 안에서 반짝반짝 빛나는 알밤을 꺼냈다

강에 얼음이 얼기 시작하면 오빠와 함께 뒷산에 올랐다
아이스하키 방망이로 쓸 만한 나무를 찾아
온 산을 헤매고 다니며 신이 났었다
꽁꽁 언 얼음 위로 눈이 내리면 눈을 치워 아이스하키장을 만들고
오빠가 만들어준 아이스하키 방망이를 들고 시합을 하면
골대 안으로 납작하고 동그란 돌멩이가 잘도 들어갔다

제일 좋았던 건 오빠가 생일 선물로 받은
아끼는 스케이트를 내게 빌려준 일이었다
오빠는 가끔 조금 큰 스케이트를 내 발에 신겨주고
넘어져 다치기라도 할까 봐
신발 끈을 꽁꽁 묶어주었다
나는 스케이트를 신고 아득히 멀리 오빠가 안 보일 때까지
하얀 날개를 달고 하늘을 날아올라 춤을 추듯
얼음 위를 씽씽 내달렸다

지난 주말 오빠가 조카들을 데리고 시골에 내려왔다
고추 대궁도 자르고, 옥수숫대도 잘라 눕히고,
마당에 있는 대추도 털었다

오빠가 가려나 보다
여기저기 흩어져 있던 옷가지를 챙기며
조카들에게도 갈 준비를 하라고 했다
나는 오빠에게 반찬 몇 가지를 건넸다
"뭘, 이런 걸 언제 다 만들었어.
막내야, 오빠가 미안하다…"

오빠에게 아직 고맙다는 말도 전하지 못했는데
몇 년 전 올케언니가 하늘나라로 간 이후로
오빠는 자꾸 미안하다고 한다

오빠가 떠나고
뒷산에선 뻐꾸기가 하루종일 울었다

재수 꽃다발

“정말, 재수 꽃다발이야” 그녀가
나를 보고 이렇게 말합니다

“재수 꽃다발 너무 좋아요
꽃도 아니고 꽃다발이라니 더더욱이요”
나는 이렇게 대답합니다

“정말, 재수 꽃다발이라니까” 그녀가
나를 보고 또 이렇게 말합니다

그 순간
그녀와 눈빛을 마주치며
깔깔거렸습니다

무엇이 좋았을까요?
재수 꽃다발이라는데,
꽃다발이라는 말속에
웃음을 터뜨리는 마법이 있었나 봅니다

절구지 마을에 눈이 내리면

큰 눈이 올 거라고 한다
밖으로 나다닐 일 크게 없이 사는
절구지 사람들은
엎드려 지내면 되는 일이다

눈이 내리면
노인뿐인 절구지 마을에는
쌓인 눈을 치울 일손이 없으니
농기계의 손을 빌려 눈 청소를 하겠다

날씨 탓으로 종일 인적이 뜸할 텐데
오늘 하루 절구지 길은 적막하겠다
적막 위에 눈이 내리겠다
우리 엄마는 앞마당에 쌓이는 눈을 바라보며
누굴 기다리고 있을까

집에…

"어디예요?"

"집에 가는 길이에요."
가깝게 내 곁에서 숨 쉬려고 그가 오고 있다

"집에 거의 다 와 가요."
벌써 그를 만난 듯 두근두근 마음은 설레고
눈빛은 별처럼 반짝인다

"집에 왔어요."
이미 가슴으로 그를 안았다

"집에 있어요."
그리움이 익어 가는 시간이다

상처받은 열무

금요일 퇴근길,
행복한 마트에 들러 싱싱한 열무 한 단을 샀다
홍고추를 갈아 넣어 빛깔 곱고 시원한 열무김치를
담고 싶었다

다음 날 아침,
베란다에 둔 열무는 간밤의 더위에 녹아내려
손댈 수 없을 정도로 잎은 짓무르고
초록색 물이 흘러내리고 있었다

상처받은 열무,
네가 조심해야 할 것은
받은 상처로 깊게 무너지는 일보다
다른 열무에게 같은 상처를 주지 않는 것이었다

큐알 체크하다 똥 싸겠네

코로나-19 지역감염 확산 방지를 위한
4인 이하 사적 모임 지침에 따른
공공시설 휴관 조치가 내려졌다

1층 현관 출입문 근무를 하는데
50대 중년의 남자가 문을 열고 들어왔다
첫 번째, 접종완료 QR코드 인증
두 번째, 발열 체크
세 번째, 안심 콜까지 확인해야
출입이 가능하다고 안내했다

“빨리 좀 말하시지, 오줌 싸겠네.”
남자가 서둘러 화장실로 향하며 궁시렁거렸다

‘빨리 말하지, 똥 싸러 온줄 알았네’ 속으로 궁시렁거렸다

코로나-19의 그늘이 깊어져 간다
바이러스와 함께 사는 일이 쉽지 않다
이러다가 진짜 화장실 들어가기 전에
똥 싸고 말지…

꼬리곰탕

엄마의 무릎 수술을 며칠 앞두고
한우 꼬리를 샀다

찜솥에 앉혀 폭폭 끓이기를 서너 시간
잘 익은 살들을 발라내고
남은 뼈들은 6시간씩 끓이기를 세 번,
모윳빛 곰탕이 완성되었다

엄마의 왼쪽 무릎엔
1,000도에도 끄떡없는 금속나사가 박힌
인공관절이 10년 전에 들어섰다

이번엔 그동안 잘 버텨왔던
오른쪽 무릎관절이 다 닳아 뼈가 괴사 중이란다

MRI 촬영으로 보이는 엄마의 무릎,
열여덟 시간 우려낸 꼬리뼈보다 더 희다

치악산으로 가라

신라 여인의 숨소리를 들으려거든
치악산으로 가라

금강솔 탯줄이 잘려나간 자리마다
신라 여인의 배꼽 무늬가 살아있는
뜨거운 숨결을 만져보아라

구룡사에 올라 화석化石 나무에 귀를 대고
1억5천만 년 전 공룡의 울음소리 들어보아라

세렴폭포에 귀가 멀고
사다리병창 길에 눈이 멀어도 좋은 곳,
말등 바위를 지나 비로봉에 오르면
밤에는 하늘에 오르는 별이었다가
낮에는 비로봉 위로 내려앉아
층층이 쌓이는 미륵불탑을 만날 것이다

원주 여인의 숨소리를 들으려거든
치악산으로 가라

하악, 하악
거친 숨소리 거두며 하늘이 열리는
비로봉 정상에서 신라를 건너온
오천 년의 심장 소리 들어보아라

우리 엄마 좀 말려줘요

서울 큰 병원에서
무릎 인공관절 수술을 하고
제천으로 내려와
재활치료를 위해 열흘 남짓 된 엄마가 입원해 있는
정형외과 출입문을 열었다

"어떻게 오셨어요?"
"402호 김정숙 님 뵈러 왔습니다."
"아, 그 꽃다발! 이 달 시인님?"

아뿔싸,
하룻밤 사이 엄마가 또 일을 내고 말았다

4부

동네 불구경

꽃 마중

월요일 오후 3시,
내성초등학교 정문 앞에서 만나기로 한
아이를 데리러 갔다

"선생님" 하며 두 팔 벌리고 달려오는
아이의 등을 둥글게 감싸 안았다

"선생님 이름이 자꾸 생각났어요."
"그래? 왜 생각했을까? "
"선생님이 보고 싶어서요."

햇살이 먼저 도착해 아이를 끌어안았을까
아이의 얼굴에도 환하게 진달래꽃이 피었다

밥심

동강 다리 건너 덕포 시장 가는 길
뒤꿈치 들고 종종
두 발보다 마음이 바쁘다

허기진 속 훑어 한 바가지 담아낸 홑잎 나물
밤새 달 보고 짖느라 눈이 커진 엄나무순 한 소쿠리
어린 소녀의 울음이 가득한 달래

열일곱 살 기억의 한가운데
"굶지 마라!
사람은 꼬박꼬박 하루 세끼
먹는 게 제일 큰일이다."

어머니의 한마디가
둥둥 북소리 되어 퍼져나간다

길 위에 눕다

구급차에 누워 원주에서 서울 가는 길,

"옥순아, 아직 멀었냐?
가는 길이 왜 이렇게 멀어…"

"아버지, 조금만 더 가면 돼요.
이제 다 왔어요."

링거줄에 매달리지도
금식 팻말 세워보지도 못하고 먼 길 떠나신 아버지

"옥순아, 옥순아
나 죽는다."

마지막 온기를 움켜쥐고 토해내던 한마디
귀가에 선명하게 남아있다

원주 가는 길에 벚꽃이 한창인데
아버지 목소리는 어디에도 없다

녹두장군*

저녁 여덟 시 사십칠 분
허기진 골목 오른쪽 통닭집이 떠들썩하다

처진 어깨를 불러 세우던
'녹두장군'의 불빛이 보이지 않는다

빈대떡도 때 되면 제 몸 뒤집고
동태도 뜨거우면 눈을 감아야 할 시간

마음엔 먹구름이 밀려오고
흐려진 눈은 구름에 닿았다

"녹두장군님, 잘 지내지요?"
카톡에 메시지를 남긴다

---

* 녹두장군: 제천의 녹두빈대떡을 파는 음식점 상호명

유과

설 명절 지나고 보름도 더 된
한과가 말라 버석거렸다
촉촉한 식감이 살아있어야 달콤하고 고소한데
마른 스펀지 맛이 났다

유과를 지퍼 백에 담아
감귤 먹고 남은 껍질 조금 떼어 넣고
밀봉해 두었더니
새 유과처럼 되살아났다

시들한 마음도
'후~' 하고
따뜻한 입김 한번 불어주면
새살이 돋아날까

주름진 그리움에도
'치익~' 하고
스팀 한 번 쐬어주면
웅크렸던 가슴 빳빳하게 펴질까

쫄딱

6월과 마주한
늦은 저녁
삼한초록길을 따라 산책을 나섰다
개구리가 흐린 말을 걸어
먹구름을 몰고 왔다

툭
툭
투두둑
장대비가 쏟아져 내리고
갑작스런 비에 쫄딱 젖고 말았다

체념한 걸음 뒤로 경적이 울리고
"우산 드릴까요?"
하는 남자의 목소리가 선명하게 들렸다

"괜찮아요,
집에 다 왔습니다" 하고
그 남자의 목소리만 데리고 왔다

만 나이 배척하기

2023년부터 모든 국민의 나이를
호적에 올린 대로 적용한다고 합니다

전쟁을 겪고 보릿고개를 건너오느라
한두 해씩 늦게 호적에 올린 사람들이 부지기수였지요

모든 공적인 서류는 이미 호적대로 적용했는데
뭘 새롭게 만 나이로 한다는 것인지
이해가 되지 않습니다

사람은 어머니의 자궁에서
잉태되는 순간부터 생명이 시작되는데,
생명이라는 소중한 가치를 배척하고
세상에 나와 일 년이 지나야 한 살이라는
미개한 부족의 법을 따르라는
후안무치한 머슴들이 국민을 바보로 만드네요

참, 개가 웃을 일입니다

더 늦기 전에

더 늦기 전에 우리
삼한의 초록길을 따라 걸어요

더 늦기 전에 우리
반달과 홑별이 반짝이는 그 길을
두 손 꼭 잡고 함께 걸어요

우렁이와 소금쟁이, 개구리가 사는 논을 지나
어린 별들의 속삭임이 들려오는
그곳을 함께 걸어요

더 늦기 전에 우리 그만
더 늦기 전에 우리 이제
두 손 꼭 잡고 말없이 약속했던 그 길을
함께 걸어요

제천시장의 편지를 받고

주정차위반 과태료를 냈다
한 해 한두 번쯤
자발적으로 착한 세금을 납부한다

'불법'은 피하자고 생각하지만
나도 모르게 날아오는 고지서를
피할 수는 없다

살면서
누군가의 가슴속이
짓무르도록 머물러도
'퇴거불응죄'는 성립되지 않는다
얼마나 다행스러운 일인가
장기 주차해도 과태료 물을 일 없으니

방울토마토

초복을 지난 비 오는 오후
아흔이 다 되신 아버님이
힘겹게 예초기에 시동을 걸었다

요란한 기계 소리와 함께
무성한 잡풀의 발목이 잘려나가고
굽었던 아버님의 허리도 펴졌다

풀 포기는 집요하고
무섭게 살아남아
이제는 풀과 싸우는 일도 그만두고 싶다고 하신다

시원하게 쓰러진 풀섶 옆으로
툭툭 터지고 갈라진 채
익어 가는 방울토마토가 눈에 들어왔다
평생을 농부로 살아오신
아버님의 손을 닮아 있었다

콩나물은 안 돼

땅이 생기면
검정콩을 심어야지

콩냥콩냥 땅속에서
소곤대는 소리를 들어야지

푸른 이파리 속에 숨어
햇살과 숨바꼭질하는 콩꼬투리를 들춰 봐야지

같은 콩꼬투리에서 나온 사람을 만나
가슴이 콩닥거린다는 콩깍지를 만들어봐야지

마침표로 까맣게 꼬투리가 여물면
콩밥을 짓고 콩장을 만들어
느낌표 하나를 완성해야지

“라, 라, 라”구요

엄마에게 다녀왔습니다

얼마 전에 베어서 눕혀 놓은 들깨를 털었지요
큰 멍석을 깔고 깻단을 부지런히 나르는 동안 엄마는
“조심해라.”
“엎어질라.”
“다칠라.”
엄마가 ‘라, 라, 라’ 노래를 부르면

“농사일 힘드니 그만하시라.”
“김치도 많이 안 먹으니 김장도 적게 하시라.”
“집에만 있으면 답답하니 놀러도 다니시라.”
나도 ‘라, 라, 라’ 답가를 불렀지요

엄마의 마당에는
깨가 하얗게 쏟아졌습니다

동네 불구경

온 동네에 불이 났다
열아홉에 시집와 딸 셋을 낳고
미역국 한번 배불리 먹어보지 못한
옥자네 집에서 불이 나기 시작했다

이대 독자를 둔 옥자 할머니,
이른 아침부터 아궁이에 불을 지피다가
"불알이야!"
"불알이야!"
소리를 질렀다

허공을 뚫고 달리는 바람에 불똥이 튀고
불알은 불이 되어
'불이야!'
'불이야!'
온 동네에 불을 질렀다

놀라 뛰쳐나온 사람들
옥자네 처마 끝에 늘어져 있는 금줄을 보고
뜨거운 불씨 하나씩 가슴에 안고
흐뭇하게 미소 지으며 발길을 돌렸다

불알,
그까짓 게 뭐라고*

* 문철수 시상록 「그까짓 게 뭐라고」 제목 인용

국밥 한 그릇

동문 시장에서 순댓국 한 그릇 했습니다
무시래기가 넉넉하게 들어 있는
순댓국 한 그릇 뜨끈게 먹고 나니
속도 마음도 여유로워 졌습니다

밥값 치르고 나오다
시래기가 가득 담겨 있는
큰 고무함지를 보았습니다

시래기와 내장의 조합으로
음식을 만든 지혜가 놀라웠습니다

혼자 지팡이를 짚고 들어오시는 할아버지도
든든하게 문을 나서실 겁니다

수요일의 남자

불쑥
들어오는 사람이 있다

수요일의 문턱에 발길을 멈추고
소나기처럼 쏟아지는 달빛을 끌고 오는
그림자를 밟았다

적막한 숨결을 쏟아놓고
불러도 대답 없는 메아리를 슬어놓았다

수요일이 되면
예고 없이 가슴속에
모닥불을 지피고 가는 사람이 있다

미리 벌스데이

가짜 생일을 축한다는
편지를 받았어요

음력으로는 올해 안에
절대로 챙겨 먹을 수 없는 그날을 억울해할까 봐
양력을 불러왔다고 했어요

캄캄한 밤에 달빛이 있어 두렵지 않고
길을 잃지 않는 것처럼
오늘 하루도 그렇게 살아내고 있다고…

빤히 치어다 보고 있는 젖은 문장들과
눈이 마주치고
아기처럼 울음을 터트리고 말았어요

내일은
보랏빛 고운 웃음꽃으로 답장을 써야겠어요
MUJI 고맙고
MUJI 따뜻하다고…

해설

자연의 언어에서 심상의 언어로 순환하는 아포리즘

- 이 달 시집 『리라의 약속』을 읽고 -

김남권(시인, 계간 『시와징후』 발행인)

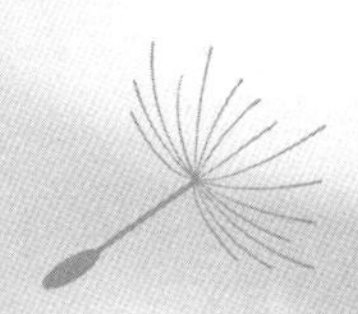

해 설

자연의 언어에서 심상의 언어로 순환하는 아포리즘

– 이 달 시집 『리라의 약속』을 읽고

김남권(시인, 계간 『시와징후』 발행인)

이 달 시인의 시어들은 자연에서 불러온 언어들을 자신만의 심상의 언어로 전환하여 비유와 풍자로 삶의 희로애락을 물결무늬로 풀어내고 있다. 자연을 닮은 순박한 사람들의 진솔한 언어가 시대를 초월한 공감을 불러일으키고, 스스로의 삶에서 우러나온 사연과 공감각적 상상의 이미지를 통해 툭, 툭 내뱉는 시어들이 편안한 심상을 불러일으킨다. 익숙한 일상의 이야기들이 순간순간 말을 걸어오고, 난삽하지 않고 정제된 숨결로 낯설지 않지만 쉽지 않은 삶의 파문을 만들고 있다.

아버지, 어머니, 오빠, 남편, 두 딸에 대한 가족의 기억들이 때로는 또 다른 상상의 이미저리imagery로 일탈을 꿈꾸기도 하고, 현실로 돌아온 시인의 눈은 또 그 속에서 때로는 냉철하고 예리하게 현실의 문제를 짚고 가기도 하고, 자연에서 만나는 생명을 향한 끝없는 연민을 펼치기도 한다, 시인은 누구보다 이런 연민이 시의 가장 깊은 사유가 된다. 끊임없는 질문과 의문들을 품고 묻고 답하며 현실 너머의 현상들에 대해 고민하고 성찰해야 하기 때문이다. 이 달 시인은 그의 생애를 통하여 끊임없이 이런 질문들을 찾아가는 중이다.

스스로의 삶에 섬세하게 녹아들 줄 알아야 시가 보인다. 눈에 보이는 현상과 사물이 다가 아니라는 한계점을 수시로 인식하고 그 너머에 들어가 보고 탐구하고 녹아들어야 한다. 이런 과정들이 숨을 쉬는 것처럼 반복될 때 일상이 시가 되고, 말이 시가 되고, 습관이 시가 될 수 있다. 이미 아버지, 어머니가 그에게 시의 씨앗을 심어 놓은 까닭에 이 달 시인은 그 유전자로 인해 시어의 절반은 완성할 수 있게 되었다. 이젠 바람의 흔적마저도 이 달 시인이 살아가는 길의 이정표가 될 것이다.

그랬다
아버지는 한평생 '이호봉'이었다

어스름한 저녁
고된 하루를 보내고
끝이 보이지 않는 밭머리 이랑 위에
삼삼오오 걸터앉았다

흙먼지가 묻어나는 바지에 손을 툴툴 털고
막걸리 한 사발 들이키며
반나절 동안 뜨끈해진 묵은지 한 점 베어 물었다
"너는 인마, 뭐하다가 여태껏 이 호봉이냐?
남들은 과장에 부장에 하다못해 마을 이장이라도 한다는데…"

한두 번 들었던 소리가 아닌 듯
그저 피식하고 웃고 말았다

"아니, 말 좀 해봐!
왜, 이 호봉밖에 못 달았냐니까?"

대답할 필요가 없다는 얼굴로
또 그냥 웃어넘기려다 한마디 툭 내뱉었다

"그래, 나 이 호봉이다. 이놈아! 어쩔래?
너는 일 호봉이라도 달았냐?
내 앞에서 호봉 얘기하려면 일 호봉이라도 달고 와서 얘기해!
알았어?"

그 말끝에 모두 허허, 껄껄
한바탕 웃어 재끼며 하루의 고단함을 씻어 내고
밭이랑을 짚고 무거운 몸을 일으켜 세웠다
어느새 어둠이 짙게 내려앉고
금방이라도 돌부리에 걸려 넘어질 것 같은 발걸음으로
마을 꼭대기 희미한 빛이 새어 나오는
집을 향해 터벅터벅 돌아갔다
그랬다
아버지는 칠십팔 년 한평생 '이호봉'이었다
사 남매를 가슴으로 낳아 길러주신
그 이름 석자
이李 호浩 봉奉

지금도 그 길고 긴 밭머리에 서서
"아버지" 하고 크게 부르면
이랑 저 끝에서 굽은 허리를 일으켜 세우고
투박한 손을 흔들며
덧니를 드러내고 환하게 웃으시는
아버지의 얼굴이 보일 것 같다

그랬다
만년萬年 이호봉
아버지는 언제나 나의 최고봉이었다

-「만년 이호봉」 전문

이 달 시인이 처음 쓴 이 시는 시인이 아버지를 기억하는 모습이 어떠한지 가장 대표적으로 보여주는 작품이라 할 것이다. 희로애락이 담겨 있는 여러 시편들 중에서 '만년 이호봉'은 아버지를 기억하는 유쾌하고 정겨운 모습으로 회자된다. 그런데 아버지의 이름이 친구들 사이에선 친근한 별명처럼 평생 불리었을 것이다. 그리고 그런 별명을 허허, 웃어넘기며 고단한 농사일 틈틈이 잠시 그 고단함을 녹이는 새참 같은 역할을 했을 것이다. 그런 아버지를 바라보며 성장해 온 딸의 눈에는 그 모습이 여여한 그리움으로, 애틋한 연민으로 기억되고 마음속에 언제나 최고의 아버지로 자리 잡고 있을 것이다. 사람을 향한 지독한 연민이야말로 시인의 숙명이 될 수밖에 없다. 이 달 시인은 어쩌면 그런 운명을 완성해 가는 과정일지도 모른다.

아버지가 날품을 팔아 품삯으로 밀가루를
짊어지고 오는 날이 몇몇 일 이어지면
긴 마루 한켠에는 천장까지 밀가루 포대가 쌓이기 시작했다

엄마는 커다란 양푼 대야에 밀가루 두어 바가지를 퍼 담아
일주일에 한 번씩 빵떡 만드는 일을 3년 동안
한 번도 거른 적이 없었다
토요일이 되면 뜨거운 뙤약볕 아래 쪼그려 앉아
무성한 잡풀과 씨름을 하다가도 종종걸음으로

집에 올라 밀가루를 개고 나서
다시 밭으로 발걸음을 옮겼다

얼마나 지났을까
엄마는 서둘러 호미를 챙기고 집으로 돌아와 반죽을 살폈다
쟁반을 덮은 양푼 대야 속 반죽은 엉덩이를 데우고
있는 힘껏 부풀어 올라 쟁반을 들썩이며 삐딱하게 올라앉았다
쟁반을 들어 올리면 반죽은 거미줄처럼 기다란
그리움의 끈을 주렁주렁 매달고 따라 나왔다

동그란 밥상 위에 하나, 둘 모이기 시작한 못난이 빵은
시간이 지날수록 탱글탱글하게 모양을 갖추고
커다란 가마솥에 들어갈 준비를 끝냈다
엄마의 젖가슴처럼 뽀얗고 폭신폭신한 반죽 속에
젖꼭지보다 까만 팥고물을 넣고
뜨거운 가마솥에 쪄내면 달콤함의 한계를 넘은 빵떡이 되었다

넉넉지 않은 살림에 쌀을 불려 떡을 할 엄두는 내지 못하고
객지로 떠나 일주일에 한 번씩 돌아오는 자식이 돌아오는 날이라는
절묘한 타이밍으로 빵떡을 만드셨던 엄마,
그 별미를 먹이지 않고는 차마 자식들을
다시 객지로 떠나보낼 수 없었던 것이다

꼬박 3년,
일주일에 한 번 객지에서 돌아오는 딸을 기다리며
한 번도 잊지 않고 빵떡을 만들었던 엄마,
그런 엄마를 이해하지 못했던 나는
빵떡을 점점 거들떠보지 않게 되었고
그렇게 엄마의 나이가 되었다
나는 지금 단팥빵만 먹는다

-「빵떡 엄마」 전문

삶이 팍팍하던 시절, 쌀 구경하기는 하늘의 별 따기보다 어려웠다. 시골에서 뼈 빠지게 농사를 지어도 자식들 공부시키고 쌀 구경하기란 명절에나 가능한 일이었다. 품 팔러 간 아버지가 가족들 굶기지 않으려고 장만해 온 밀가루로 엄마는 빵을 만들어 객지에 나가 있는 자식들이 돌아오는 주말마다 새참으로 내주었다. 도시의 빵집에서 파는 빵은 사 먹을 엄두도 내지 못했던 시절 한창 바쁜 농사일을 하다가도 집에 돌아와 반죽을 살펴보고 잘 발효된 반죽 속에 팥고물을 넣어서 쪄내면 세상에서 하나밖에 없는 엄마표 빵이 탄생되었다. 하지만 꼬박 3년 동안 그 빵만 간식으로 먹어야 했던 자식들은 물리지 않을 수 있었겠는가?

그런데 그렇게 물리도록 먹은 그 엄마의 빵 덕분에 그 엄마의 나이를 넘긴 지금 단팥빵만 먹는 자신을 발견하며 '어머니=단팥빵'이라는 그 추억의 이미지로 공동운명체가 되고 만 자신을 발견한다. 그래서 딸은 엄마의 운명이라는 말을 여실하게 증명하고 만다.

철없던 초등학교 시절,
어쩌다 경운기 타고 학교 가는 날이면 마냥 신이 났다
정문에 다다라 운동장에서 놀고 있는 친구들이 보는 앞에서
껑충 뛰어내리면 어깨가 하늘을 향해 치솟고
온종일 헤죽거리며 웃음이 떠날 줄 몰랐다

철들었다고 생각했던 중학교 무렵,
비 오는 날 경운기 타고 학교 가는 것도 좋았다
하지만 학교에서 조금 멀찍이 떨어져
진흙탕 길이 끝나고 시멘트 길이 시작되는
딱 거기까지만 좋았다

기어를 바꾸고 학교 정문을 향해 속도를 올려
시멘트 길을 내달리려는 아버지 뒤에서
"여기서 내려주세요."
혹여 누가 보고 있지 않은지 주변을 살피고
아버지 한번 돌아보지 않은 채 학교로 발걸음을 재촉했다

딸 둘을 낳고
아이들은 그때 내 나이를 훌쩍 지나 성인이 되고
이명처럼 경운기 소리가 들려오면
우산을 쓰고 시멘트 길을 오르며 학교 가던 그날이 떠올라
남몰래 가슴을 쓸어내린다

당장 아버지에게 생떼를 부려
경운기로 학교 정문 앞까지 데려다 달라고 하고 싶지만
아버지도 없고
경운기도 없고
가슴 한켠 나만 아는 쓰라린 쪽팔림만 남아있다

장대비가 쏟아지는 하굣길,
아이들은 하나둘 모두 돌아갔다
학교 정문 앞에는 우산을 든 한 소녀가
하얗고 뽀송뽀송한 운동화를 신고
언제 도착할지 모르는 아버지를 기다리고 서 있다

-「아버지의 '대동' 벤츠 타고 학교 가는 길」 전문

리라의 약속 시집 전편을 읽다 보면 '아버지-어머니-아버지-어머니'로 이어지는 기억들이 애잔한 에피소드로 등장한다. 이는 시인의 생애와 불가분의 관계다. 그런 기억들이 자연과 더불어 시인의 삶을 숙성시켰기 때문이다. 대동 경운기를

타고 학교를 오가던 어린 시절의 모습도 철이 들면서 창피함으로 바뀌었고, 한순간 그마저도 부끄러워 혼자 걸어 다녔을 것이다. 그런데 다시 아버지의 나이를 살고 보니 그 아버지의 속정이 한없이 그립다. 아마도 아버지는 경운기 뒷자리에 타서 종알거리는 딸의 모습도, 툴툴거리는 딸의 모습도 환하게 웃는 딸의 모습도 한없이 사랑했을 것이기 때문이다. 그래서 딸의 기억 속 한 소녀는 여전히 비가 오는 교정의 현관에서 아버지를 기다리고 있다. 아버지라는 이름은 언제나 딸의 연민 속에 살아 있는 막연한 그리움의 성지이다.

윤희네
해숙이네
순자네
진영이네
완명이네
해중이네
옥자네

큰 아이 이름으로 부르던
옥순이네 동네 일곱 집

윤희네는 창수네로 불리다 부산으로 떠난 지 오래
해숙이네, 순자네도 이사 가고
진영이네는 엄마가 집을 지킨다

90세 넘은 완명이네 할머니는
지난여름 벼락에 집이 온데간데없이 사라지고
큰딸이 모셔갔다고 한다

허물지도 못하는 해중이네 집은
온갖 풀이 주인이 된 지 오래고
옥자네는 옥분이네, 종주네로 불리다 옥순이네로 불린다

옥순이네 집에
옥순이는 없고
옥순이네 엄마 혼자 산다

-「옥순이가 없는 옥순이네」 전문

우리네 엄마들은 언제부터 이름을 잃어버린 것일까? 아니 어쩌면 스스로 포기한 것일지도 모른다는 생각이 든다. 자신의 이름 석 자로 살아온 날들보다 자식을 낳고 불리게 되는 자식의 이름을 앞에 두고 불리는 누구 엄마는 그래서 길을 가다가도 남의 집에 가서도 그 자식의 이름 석 자만 나와도 깜짝깜짝 놀라고, 울다가 웃기도 하고, 자랑이 되기도 하는 것이리라. 자신이 잘 되는 것보다 자식이 잘되는 일이 더 기쁘고 행복한 일이기에 스스로 포기하고 자식의 이름 뒤에 숨어 지내오는 것이다. 이젠 그 자식마저 모두 객지로 떠나보내고 혼자서 그 자식들을 낳고 기른 집을 홀로 지키는 엄마는 여전히 그 이름자를 숨기고 그림자처럼 살고 있다. 그리고 이미 자식의 이름 밑에 살고 있는 자신을 발견하고 예사롭지 않은 운명에 길들어 가고 있는 자신을 돌아보게 된다.

해마다 늦가을이 되면
아버지는 빈 외양간에 별들을 불러 모았다

이듬해 경칩이 지날 무렵,
그 많은 별들로 비닐하우스에 성을 쌓고
달의 울음소리가
머언 하늘로 올라가지 않도록 어루만지며
따뜻한 이불을 덮어주었다

깊은 어둠 속에 잠들었던 별들이
밤하늘에 빛나는 꿈을 꾸다
소리 없는 눈물을 흘리곤 했다

어머니는 밝은 세상에서
별의 눈이 데이지 않도록
100일 동안 가슴 깊은 곳에 품어 주었다

그렇게 다시,
하지 무렵이 되면 캄캄한 어둠을 지나온
주먹만 한 별들로 온 세상이 환했다

-「하지 감자」 전문

하지 감자가 나올 무렵이면 허기를 면할 수 있었다. 밀가루만 먹다가 감자를 먹고 옥수수를 먹는 날이 오면 여름은 풍요로움이 완성되는 시절이 된다. 비닐 멀칭을 하고 감자를 파종하고 100일이 지나면 울창하던 하얀 감자꽃도 지고 줄기도 시들기 시작한다. 이때가 감자가 알알이 영글었다는 신호를 보내오는 시기이다. 어둠 속에서도 하얗게 빛나는 하지 감자를 땅속에서 수확할 때의 기쁨은 갓 쪄낸 가마솥에서 김이 모락모락 나는 찐 감자를 소금에 찍어 한 입 베어 물 때 환상이 완성된다. 비로소 땅속의 별이 지상으로 나와 지상에서 걸어 다니는 별을 먹여 살리는 것이다. 그 애달픈 별의 내장 속에 어머니가 있다.

민둥산에서 시를 만났다
가지마다 잣이 달려 있는
잣나무 숲 한가운데
말뚝 잡고 선 경고문이 있다

'민둥산 잣 따지도
줍지도 마셔요
잣 됩니다'

얼마나 따고 주웠으면
현수막까지 내걸었을까
'잣'이라 쓰고
'좆'이라 읽는다

잣 하나 주워들었는데
CCTV가 눈을 부라리고 있다
어쩌나, 나 좆됐다

-「'잣' 된 날」 전문

시골에서 서리가 유행하던 시절이 있었다. 배고픈 시절, 남의 집 텃밭에서 무 하나를 뽑아 먹고 사과나무에서 먹음직스럽게 익어 가는 사과 하나를 따 먹어도 너그럽게 용서가 되던 인정이 살아있었던 그 시절에는 자연에서 나오는 것들도 임자가 있어도 먼저 보는 게 임자였을 정도로 관대했지만 지금은 행여 사과나무 밑에서 손이라도 잘못 뻗었다가 걸리면 사과나무 한 그루 값을 물어줘야 한다. 하물며 비싼 값에 팔리는 잣이 익어가는 계절이 오면 사유림과 국유림 할 것 없이 잣을 따려는 사람들로 비상이 걸린다. 잣뿐만 아니다. 농작물이 익어가는 시기에는 농촌마다 농작물 도둑이 설쳐대서 씨씨티비를 설치하는 농가가 늘어간다고 한다. 잣이 먹고 싶으면 돈 주고 사 먹어야 한다. 잣 몇 송이 줍다가 걸리면 고발당해 망신도 떨고 벌금도 낼 수 있기 때문이다. 어디 잣만 그러하랴, 한순간의 그릇된 욕심이 인생을 망칠 수 있다는 교훈을 이 시를 통해서 느낄 수 있다.

둘째 딸 책상에
깨알같이 적혀있는 글자가
눈에 들어왔다

「이불 속에서 방귀 뀌고
"내 방구는 냄새 안 나"
하는 우리 엄마,

내 말은
잘 듣지 않는 엄마,

이옥순 우리 엄마」

이 웃기는 메모지를 보고
나는 울었다

-「김혜수, 너」 전문

이 시에 등장하는 김혜수는 이 달 시인의 둘째 딸이다. 조리 고등학교에 다니며 일과 학습을 병행하면서 도제제도로 제과점 카페에서 용돈을 버느라 일주일에 한 번 집에 들르는 딸이 일찌감치 집을 떠나서 생활하는 모습을 지켜보는 엄마의 애처로운 심정이 그대로 담겨 있다. 얼마나 더 많은 말이 필요하랴. 어린 시절 시인의 엄마가 일주일에 한 번 단팥빵을 만들어 주던 기억 속 엄마가 소환되는 이유다. 언젠가는 품속을 떠나가야 하지만 벌써 그 연습 과정을 치르고 있는 딸을 바라보는 엄마의 심정은 엄마의 엄마를 떠올리게 한다. 그래서 엄마와 딸은 공동운명체라는 사실을 이 시를 통해서 다시 확인하게 된다. 먼 훗날 김혜수도 그럴 것이다.

엄마가 평소답지 않다
엉거주춤하던 허리가 꼿꼿이 펴지고
잘 들어 올리지도 못해 앞으로나란히밖에
하지 못했던 왼쪽 팔이
나란히 하늘을 향하고 있다

오늘은 고추장을 담그는 날이다
매년 3월이면 큰 항아리 가득 고추장을 담갔는데
그 많던 고추장은 어디로 갔을까
혼자 사는 엄마도, 혼자 애들 키우는 오빠도
먹었으면 얼마나 먹었을까마는

아버지 살아생전 딸년은 도둑년이라고 하더니
딸 셋이 야금야금 다 퍼다 먹었다는 걸
아버지가 더 잘 아실 테다

"이제 내년부터는 고추장 안 담글란다
괜히 너희들만 고생시키고…"
엄마는 오늘 또 지키지 못할 거짓말을 했다

"안 아프면 내년에 한 번 더 생각해 보고…"
말끝을 흐리시는 엄마,
엄마의 거짓말을 언제부터 들어왔는지 기억조차 나지 않지만,
그 거짓말이 참말이 되지 않았으면 좋겠다

-「엄마의 거짓말」 전문

세상의 모든 엄마는 거짓말쟁이다. 아파도 아픈 척하지 않고 슬퍼도 슬픈 척하지 않는다. 적어도 이 시대를 먼저 살아온 모든 엄마들은 그렇다. 그래서 엄마 말은 곧이곧대로 믿으면 안 된다, 며칠이라도 함께 지내면서 일도 해보고 걸음도 걸어 보고 밥도 먹어 보면 안다. 엄마의 어느 부분이 고장 나 있는지, 어디가 불편한지 알 수 있다. 자식을 위해 땅 한 평도 놀리는 걸 용서할 수 없는 존재가 엄마다. 자식들 입속으로 손수 만든 농작물이 들어가고 음식이 들어가는 것을 바라보는

기쁨을 오래전부터 알고 있기 때문이다. 엄마의 엄마가 그런 것처럼 그다음에 오는 엄마도 그럴 것이다. 농사를 짓고 음식을 만드는 일은 자식을 기르는 것만큼이나 신성한 일이란 걸 깨달은 사람만이 알 수 있는 삶의 경지이다.

신라 여인의 숨소리를 들으려거든
치악산으로 가라

금강솔 탯줄이 잘려나간 자리마다
신라 여인의 배꼽 무늬가 살아있는
뜨거운 숨결을 만져보아라

구룡사에 올라 화석化石나무에 귀를 대고
1억5천만 년 전 공룡의 울음소리 들어보아라

세렴폭포에 귀가 멀고
사다리병창 길에 눈이 멀어도 좋은 곳,
말 등 바위를 지나 비로봉에 오르면
밤에는 하늘에 오르는 별이었다가
낮에는 비로봉 위로 내려앉아
층층이 쌓이는 미륵불탑을 만날 것이다

원주 여인의 숨소리를 들으려거든
치악산으로 가라

하악, 하악
거친 숨소리 거두며 하늘이 열리는
비로봉 정상에서 신라를 건너온
오천 년의 심장 소리 들어보아라

- 「치악산으로 가라」 전문

이성선 시인은 큰 산은 큰 영혼을 기른다고 했다. 큰 인물이 나오고 큰 보시가 발달한 곳에는 여지없이 큰 산이 자리 잡고 있다. 이는 풍수지리적으로도 이미 잘 알려진 사실이지만 그만큼 깃들어 살만한 품이 넉넉하다는 뜻일 것이다. 산이 깊고 골이 깊으면 사람들이 터를 잡기에 좋고 갈아 먹을 땅이 있고 사람답게 살아갈 물길이 크게 흐르고 있다는 뜻이기 때문이다.

치악산은 예로부터 명산이다. 그곳에 깃들어 사는 사람이 강원도에서 가장 많은 인구를 자랑하고 있다. 신라 시대부터 아니 그 이전부터 백두대간의 줄기를 이어온 사람들이 터를 일군 땅, 그리하여 치악산을 올려다볼 때마다 장엄하고 신령스런 기운을 느끼는 것이다. 시인은 그곳에 깃들어 살았을 신라 여인의 운명을 예감하며 웅장한 시를 통해 민족정기의 숨결을 느껴보고 싶었던 것이다.

엄마에게 다녀왔습니다

얼마 전에 베어서 눕혀 놓은 들깨를 털었지요
큰 멍석을 깔고 깻단을 부지런히 나르는 동안 엄마는
"조심해라."
"엎어질라."
"다칠라."
엄마가 '라, 라, 라' 노래를 부르면

"농사일 힘드니 그만하시라."
"김치도 많이 안 먹으니 김장도 적게 하시라."
"집에만 있으면 답답하니 놀러도 다니시라."
나도 '라, 라, 라' 답가를 불렀지요

엄마의 마당에는
깨가 하얗게 쏟아졌습니다

-「"라, 라, 라"구요」 전문

걱정일까요? 노파심일까요? 사랑일까요? 아마도 이 세 가지가 모두 결부된 말일 것이다. 아흔이 된 엄마는 일흔의 자식도 못 미더운 법이다. 그래서 내리사랑은 있어도 치사랑은 없다고 했을까? 엄마라는 숙명적 관계는 누가 만들었을까? 그런데 해답은 너무 명확하다.

관심이 없으면 잔소리도 하지 않는 법이기에 걱정도 노파심도 모두 사랑일 수밖에 없다. 혼자 남은 엄마가 유일하게 기대고 살아갈 든든한 기둥이 자식이기에 그 자리에 함께하고 있는 자식의 숨결조차 아까울 수밖에 없다. 그렇게 똑같은 방법으로 엄마를 걱정하는 라, 라, 라는 하얗게 쏟아지는 깨알보다 더 감동적이다.

온 동네에 불이 났다
열아홉에 시집와 딸 셋을 낳고
미역국 한번 배불리 먹어보지 못한
옥자네 집에서 불이 나기 시작했다

이대 독자를 둔 옥자 할머니,
이른 아침부터 아궁이에 불을 지피다가
"불알이야!"
"불알이야!"
소리를 질렀다

허공을 뚫고 달리는 바람에 불똥이 튀고
불알은 불이 되어
'불이야!'

'불이야!'
온 동네에 불을 질렀다

놀라 뛰쳐나온 사람들
옥자네 처마 끝에 늘어져 있는 금줄을 보고
뜨거운 불씨 하나씩 가슴에 안고
흐뭇하게 미소 지으며 발길을 돌렸다

불알,
그까짓 게 뭐라고

- 「동네 불구경」 전문

이 달 시인은 이런 풍자시를 쓰는 오탁번 시인의 시구를 떠올리게 하며 어쩔 수 없는 이미지 공동체의 느낌이 들게 한다. 그리고 사람답게 살아가는 잔잔한 이야기의 시적 형상을 풀어내는 이상국 시인의 호흡을 느끼게도 한다. 이 해학적인 시 한 편은 이 달 시인의 시가 독보적인 시세계를 만들어 가는 텀을 보여주는 과정이라고 생각한다. 자신이 겪은 사실과 경험을 진술하듯 시로 형상화하는 것이야말로 생활시의 경지를 보여주는 일이다. 그런 많은 경험과 사유가 진술과 상상으로 만나 심상을 풀어내고 시로 태어나고 있다.

어느 동네 어귀 야트막한 산 아래
통나무 기둥을 세워 흙벽을 바르고
지붕엔 기와를 얹으리라

긴 마루 끝에 봉당을 만들고
그 위에 고무신 두 켤레를 나란히 놓아두리라

커다란 서재를 들여놓고
바람이 쉬었다가는 미닫이문에는
코스모스 꽃을 창호지 위에 피우리라

먼 길 떠난 그대 위해
등불 하나 밝혀 놓고
그리운 숨소리가 어둠을 몰고 돌아오면
맨발로 겅중겅중 마중을 나가리라

새벽 첫 우물 길어 올린 물로 쌀을 씻고
희나리꽃 피워 강낭콩 밥을 지어
푸성귀 얹은 소박한 밥상 앞에 마주 앉아
늘어가는 흰 머리를 바라보며 호박꽃처럼 웃으리라

짙은 어둠이 드리운 마당에 별빛 한 줌 들여놓고
늙은 무릎을 베고 누워 달님과 입맞춤하리라

-「'리라'의 약속」 전문

표제시 '리라'의 약속은 시인의 마지막 희망을 그려내고 있다. 시인으로 산다는 것, 그리고 자연에서 와서 자연으로 돌아가야 하는 시인의 운명 같은 시간을 예감하는 것이리라. 그런 소망들이 모여서 시인은 시를 쓰며 희망을 잃지 않는다. 오랫동안 글을 쓰고 공부를 하고 사유를 한 스님들이나 작가들은 자신의 운명을 어느 정도 예감하고 있다고 한다. 그리고 결국에는 그렇게 이루고야 만다.

자연에서 온 생명을 존중하고 사람을 향한 지극한 연민을 보여주고 누구보다 맑은 상상력으로 시의 언어를 투명하게 밝혀 가는 이 달 시인의 시세계는 그리하여 스스로의 길에 별빛을 들여놓고 달과 함께 어둠을 밝혀가는 존재로서의 사명을 완성해 가고 있다. 조금 더 시간이 흐른 후에 이 달 시인의 시가 낮별로 돋아날 날을 기대하며 진심을 다 하는 눅진한 시로 공감과 치유의 순간을 이어가길 바란다.

리라의 약속

펴낸날 2024년 4월 26일

지은이 이 달
펴낸이 주계수 | **편집책임** 이슬기 | **꾸민이** 최송아

펴낸곳 밥북 | **출판등록** 제 2014-000085 호
주소 서울시 마포구 양화로7길 47 상훈빌딩 2층
전화 02-6925-0370 | **팩스** 02-6925-0380
홈페이지 www.bobbook.co.kr | **이메일** bobbook@hanmail.net

ISBN 979-11-7223-015-9 (03810)

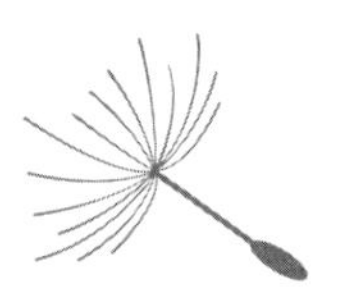